RACHEL A ROUEN

PAR

EMILE COQUATRIX

—

2ᵉ ÉDITION

—

Ah! calme-toi, mon ame, et ne relève pas
Ce qui vient de si loin, ce qui tombe si bas.

Adolphe Dumas. *(Provence.)*

ROUEN

IMPRIMÉ CHEZ NICÉTAS PERIAUX

RUE DE LA VICOMTÉ, 55

1840

RACHEL A ROUEN

PAR

EMILE COQUATRIX

—

2ᵉ ÉDITION

—

Ah! calme-toi, mon ame, et ne relève pas
Ce qui vient de si loin, ce qui tombe si bas.

Adolphe DUMAS. *(Provence.)*

I

A RACHEL,

A SON ARRIVÉE A ROUEN,

POUR Y DONNER DES REPRÉSENTATIONS.

En ce siècle où la foi dans les cœurs est éteinte,
S'il existe sur terre une tribune sainte
D'où l'on peut faire encore, aux mortels égarés,
Entendre des accens et des discours sacrés,
D'où l'orateur, frappant sur un culte idolâtre,
Est sûr d'être écouté, compris, — c'est le théâtre.

Le théâtre est un temple auguste et solennel;
Mais, pour s'agenouiller devant le saint autel,

Il faut que le poète apporte à Dieu, son maître,

Un cœur croyant et pur, comme celui du prêtre;

Il faut que, dans ses vers, mâles, audacieux,

Quelque chose toujours réfléchisse les cieux :

C'est ainsi que Corneille, et Racine, et Molière,

Comprenant leurs devoirs, ont passé sur la terre.

Je sais bien qu'aujourd'hui le théâtre a perdu

L'odeur de ce parfum qu'ils avaient répandu;

Je sais bien qu'aujourd'hui des poètes, scandale!

Salissent chaque jour leur robe virginale;

Que, pour boire un peu d'or, hélas! on peut les voir,

Comme un troupeau de bœufs courir à l'abreuvoir,

Et que, se prévalant de leur funeste exemple,

Les marchands avec eux sont entrés dans le temple.

Laissons ces insensés trafiquer sur l'autel;

Ils mourront tous un jour, mais l'art est immortel!

Déjà, pour raviver la sainte poésie,

Dieu sur terre, aujourd'hui, nous envoie un Messie :

Honneur à toi, Rachel, à toi, jeune flambeau

Qui viens de rallumer le culte du vrai beau!

S'il avait, comme nous, entendu ton génie,

Talma, les yeux en pleurs, Talma t'aurait bénie.

Espérons que, pour toi, prenant leur plume d'or,

Des poètes émus se lèveront encor;

Qu'Hermione et Roxane, Emilie et Camille,
Retrouveront des sœurs dignes de leur famille;
Et que notre théâtre, avec sa pureté,
Va recouvrer sa gloire et sa sublimité.

Depuis deux ans, Paris, de bravos unanimes,
Accueille tes débuts dans nos œuvres sublimes;
Depuis deux ans, par toi, le Théâtre Français
Revoit ses bancs déserts plus peuplés que jamais,
Et, dès qu'il t'aperçoit, le public idolâtre
Fait de ses longs bravos résonner le théâtre.
Ah ! c'est que ton débit est simple et naturel,
Que tes bras ne sont pas toujours levés au ciel,
Que dans la vérité ton étude puisée
Ne suit pas les sentiers d'une routine usée,
Que noble est ta démarche et noble ton maintien,
Et qu'à tes jeunes pieds le cothurne sied bien ;
Que toujours à propos tes lèvres de génie
Expriment la tendresse ou grincent l'ironie.
— C'est que pour nous, enfin, Rachel est aujourd'hui
Ce qu'autrefois Talma fut pour nos pères, lui.

Couronnée à Paris, il fallait que tu vinsses
Montrer ta renommée à nos belles provinces :

Paris, ce n'est pas tout, je te le dis ici ;

La province, Rachel, c'est quelque chose aussi.

Comme aux siècles passés, dans le siècle où nous sommes,

La Neustrie, à la France, a fourni ses grands hommes ;

Sans te les nommer tous, — ... car ce serait trop long, —

Boïeldieu, Géricault, Armand Carrel, Dulong,

Ont prouvé que Rouen, Rouen, la vieille ville,

En immortalités serait toujours fertile.

Chaque pays déjà se disputait le pas ;

Mais ton choix était fait, et tu n'hésitas pas.

Le nom de notre ville est cher à ton oreille,

Car Rachel doit chérir la ville de Corneille ;

Nous t'aimons tous d'avance, et nous te saurons gré

De ce choix qui te fut par Corneille inspiré ;

Nos bravos et nos fleurs, tout est prêt, jeune fille ;

Avec nous, chaque soir, tu seras en famille.

Les Rouennais, par toi, seront bientôt connus ;

Les grands talens chez eux sont toujours bien venus ;

Ils ne seront pas sourds à ta voix élevée,

Et, pour fêter ici ton heureuse arrivée,

En leur nom j'ai voulu, ma jeune lyre en main ,

De poétiques fleurs parfumer ton chemin.

Rouen, le 2 Juin 1840.

II

A RACHEL,

VERS

LUS PAR L'AUTEUR,

Dans un banquet offert à la célèbre Tragédienne, par la Direction
et les Artistes des Théâtres de Rouen.

DE mon pays natal tu dois être contente :
Lorsqu'au milieu de nous tu vins poser ta tente,
J'ai pris ma jeune lyre, et mon hymne vainqueur
A jeté, m'a-t-on dit, quelque joie en ton cœur.
Rachel, toi que Talma dans sa gloire a rêvée,
Je veux, à ton départ, comme à ton arrivée,

Des fleurs de mon jardin orner tes noirs cheveux ;
Et, dans ce jour de fête, en ce banquet, je veux
Comme un gage d'estime et d'amour artistique,
T'offrir, au nom de tous, un bouquet poétique.

Avant qu'on te connût, quand je parlais de toi,
A mes récits pompeux on donnait peu de foi :
« Tu n'étais pas, disais-je, au dessous de ta gloire ;
« Tu la méritais toute. » — Aucun ne voulait croire.
Rachel, sais-tu pourquoi ces gens ne croyaient pas ?
Je m'en vais te le dire, et tu me comprendras.
C'est qu'il est, à Paris, plus d'une renommée
Qui s'est, en un clin d'œil, envolée en fumée ;
C'est qu'aujourd'hui, vois-tu, l'on ne peut pas, vraiment,
Asseoir sur ce qu'on lit le moindre fondement.
Les journaux ne sont plus que des feuilles qu'on paie,
Ce n'est plus qu'un comptoir, où la fausse monnaie
Est souvent estimée au même poids que l'or ;
Un de loyal sur dix ! un, — c'est beaucoup encor.

Nous voyons aujourd'hui, — le ciel nous en assomme,
Surgir, grâce aux journaux, tous les jours un grand homme :
Le grand homme est petit. — Je ne jalouse pas
Ceux qui sont parvenus par des moyens si bas.

Vous pouvez promener votre orgueil sur nos places,
Nains qui pour vous grandir montez sur des échasses :
Vous avez, je le vois, une couronne au front,
Mais vos pieds sont de cire, et vos ailes de plomb !
Vous avez cru pouvoir prendre le vol de l'ange,
Mais vous retomberez bientôt dans votre fange.
Vous ne savez donc pas, artistes insensés,
Que les succès payés sont bien vite passés,
Et que, pour mériter le laurier du poète,
Il faut porter le cœur aussi haut que la tête.

Ce sentiment que j'ai, que je t'exprime ici,
J'en suis certain, Rachel, au cœur tu l'as aussi.
Il est beau, dans ce siècle où tout se fait par brigue,
Où la gloire s'achète avec un peu d'intrigue
Où l'or aux charlatans ouvre tous les accès,
De ne devoir qu'à soi son nom et ses succès,
Et, fier de sa conduite, en plein jour, dans sa glace,
De pouvoir sans rougir se regarder en face.

Oui, lorsqu'on a reçu le feu sacré du ciel,
Il est beau de se dire, ainsi que toi, Rachel,
Avec le juste orgueil que le mérite donne :
« C'est à mon travail seul que je dois ma couronne. »

Ne t'inquiète pas de quelques insulteurs
Qui troublent ton triomphe et bavent sur tes fleurs ;
L'or pur ne garde point l'empreinte de la boue,
Et leurs cris orduriers retombent sur leur joue.

Rachel, poursuis ta route et ne regarde pas
Ces reptiles fangeux qui rampent sous tes pas.
Quels sont-ils la plupart ? — des avocats sans cause,
Dont l'incapacité dans un journal se pose,
Et qui, pour un écu, vomissent sans pudeur
L'écume de leur ame et le fiel de leur cœur.
Écrivassiers sans nom que l'intérêt gouverne,
Janins d'estaminet, Lords-Byrons de taverne,
Dont le cœur est au moins aussi plat que le pié,
Et qu'on n'écrase pas, tant ils vous font pitié !
Tu les verras souvent, fille de Melpomène,
Se glisser dans les plis de ta robe romaine.
Si ton cœur s'en émeut, Rachel, rappelle-toi
Que de son temps Talma fut piqué par Geoffroi !

Hélas ! tout n'est pas rose en cette triste vie,
Et la gloire toujours traîne après soi l'envie.
Les couronnes qu'on jette aux artistes, aux rois,
Sont souvent, à porter, plus lourdes qu'une croix.

Si je te fais entendre une parole austère,
C'est que je veux d'avance armer ton caractère,
Et que si, quelque jour, l'envie à ton chevet
Avec son vil carquois venait et se levait,
Tu puisses, sans t'abattre, ainsi qu'a fait Corneille,
Entendre un trait méchant siffler à ton oreille,
Ne pas courber le front, conserver ton maintien,
Et marcher à ton but d'un pas semblable au sien.

Dieu me donna le cœur et l'ame d'un poète;
Aujourd'hui devant toi si j'incline la tête,
Ce n'est point par calcul, — je ne suis pas flatteur,
Mais je ne cache pas ce que j'ai dans le cœur ;
Et j'ai pensé, Rachel, pouvoir en mon délire
Parfumer tes lauriers des roses de ma lyre.

Rouen, 27 juin 1840.